D1508152

LEJOS
DE CASA

Adaptado por Tracey West

Basado en la serie creada por Alex Hirsch

La parte uno está basada en el episodio «Doble Dipper»,
escrito por Michael Rianda, Tim McKeon y Alex Hirsch.

La parte dos está basada en el episodio «La mano que mece a
Mabel», escrito por Zach Paez y Alex Hirsch.

Planeta
Junior
M.R.

Derechos exclusivos en español para México

© 2017, Editorial Planeta Mexicana, S.A. de C.V.
Bajo el sello editorial PLANETA JUNIOR M.R.
Avenida Presidente Masarik núm. 111, Piso 2
Colonia Polanco V Sección
Delegación Miguel Hidalgo
C.P. 11560, Ciudad de México
www.planetadelibros.com.mx

Título original: *Pining Away (Volume 1)*
Título en español: *Gravity Falls. Lejos de casa*
Textos: Tracey West
Traducido por: Sylvia Elena Rodríguez Valenzuela

Primera edición en formato epub: diciembre de 2017
ISBN: 978-607-07-4591-1

Primera edición en formato impreso: diciembre de 2017
Quinta reimpresión en este formato: noviembre de 2018
ISBN: 978-607-07-4589-8

Impreso en los talleres de Litográfica Ingramex, S.A. de C.V.
Centeno núm. 162-1, colonia Granjas Esmeralda, Ciudad de México
Impreso y hecho en México – *Printed and made in Mexico*

PARTE
1

—**OH, NO, MABEL.** No me siento muy bien —dijo Dipper con un gemido. Después hizo un sonido como de quien va a vomitar y... ¡aventó un hilo de espuma rosa a la cara de su hermana gemela!

—¡Ah! —gritó Mabel. Después puso una mano en su estómago—. Tío Stan, ¿qué nos diste?

Tomó la lata de espuma morada y la presionó en dirección a su hermano. Ambos empezaron a reírse.

Su amiga Wendy caminó hacia ellos.

—¡Chicos! ¡Chicos! ¡Basta! ¡Algo terrible nos pasó!

Preocupados, Dipper y Mabel dejaron de reírse, y Wendy fingió vomitar un hilo de espuma verde sobre ellos.

—¡Comedia pura! —exclamó Mabel mientras aventaba confeti al cielo. Este cayó sobre la cabeza de Stan, que caminaba por ahí.

Stan no se veía divertido.

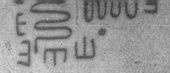

—Oigan, oigan. Estas son cosas para la fiesta —dijo, quitándoles las latas de espuma y el confeti.

Dipper y Mabel estaban de muy buen humor. Esperaban con ansias la fiesta que su tío Stan había organizado en la Cabaña del Misterio. Al principio del verano, Dipper y Mabel llegaron a Oregón para estar con su tío abuelo Stan en su casa. La cabaña se encontraba escondida en medio del bosque y estaba llena de objetos extraños y poco comunes, como cráneos de dinosaurios, esculturas antiguas y unos cuantos frascos con ojos flotando en un líquido. Estas cosas raras atraían a los turistas, y el tío Stan aprovechaba para venderles todo lo que podía en su tienda de *souvenirs*.

Ayudar a su tío en la cabaña era interesante, pero Mabel y Dipper no habían hecho muchos amigos, a excepción de Wendy y Soos, que trabajaban ahí. También conocieron al Viejo McGukett, un viejo loco del pueblo.

Por eso, cuando el tío Stan anunció que haría una fiesta e invitaría a todos los niños de Gravity Falls, Dipper y Mabel se emocionaron. Pasaron toda la tarde ayudando a decorar el lugar para la fiesta. Wendy infló unos globos, y Soos colgó serpentinas por toda la cabaña.

—Señor Pines, ¿quién me dijo que cumple años? —preguntó Soos.

—Nadie —contestó Stan—. Creí que sería la mejor forma de hacer que los niños gasten billetes aquí.

Con orgullo desenrolló un juego de Ponle la cola al burro y se lo mostró a Soos.

—¡Genial! —dijo Soos.

—¿Los jóvenes del pueblo buscan diversión? ¡Los haré explotar de diversión! —aseguró Stan.

El tío Stan logró impresionar a Soos, pero Dipper sabía que su tío era un poco anticuado.

—Quizá por comentarios así es que no vienen a la Cabaña del Misterio —dijo Dipper, mientras servía un vaso de Pitt de dieta a Mabel.

—¡Ey, ey! —exclamó Stan, quitándole la botella de refresco a Dipper—. ¿Por qué no hacen algo útil e imprimen copias de los volantes?

El tío le entregó a Dipper una carpeta con varios volantes que decían «FIESTA PARA

NIÑOS Y ADOLESCENTES EN LA CABAÑA
DEL MISTERIO. ¿GRATIS?».

—Oh, ¡qué bien! —celebró Mabel—. ¡Un viaje al
centro de copiado!

Soos apareció atrás de ellos.

—Tazas, almanaques a toda hora. ¡Lo tienen
todo en el centro de copiado! —afirmó casi
cantando—. No es su lema, es que me emociono
al hablar de ese lugar.

—No se molesten —dijo Stan—. Hay una
fotocopiadora en mi oficina. Al fin reparé ese
lindo vejestorio. ¡Quedó como nueva!

Así que se dirigieron a la bodega oscura y polvorienta de la cabaña. Le quitaron una manta a la fotocopiadora, y varios insectos salieron volando.

—¡Ay, mariposas! —exclamó Mabel.

La máquina parecía basura. Estaba llena de polvo, abollada por todas partes y llena de cinta sobre sus muchas grietas.

—¿Esto funciona? —preguntó Dipper. Levantó la tapa y se asomó sobre el cristal para poder presionar un botón en el panel de control.

La fotocopiadora se encendió, y el cristal se iluminó con una luz verde. La máquina chirrió y escaneó el brazo de Dipper.

¡Puf! El artefacto soltó unas cuantas chispas y un humo negro salió de él. Cuando dejó de salir humo comenzó a deslizarse un papel de la bandeja con una clara imagen del brazo de Dipper.

—¡Excelente! —dijo Mabel, sosteniendo el papel.

De repente, la hoja vibró en la mano de Mabel. Sorprendida, la soltó. La copia cayó al piso y pronto la imagen del brazo de Dipper comenzó a

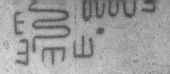

cambiar. Primero, pasó de ser en blanco y negro a todo color. Después, la foto se transformó en un brazo real, en tercera dimensión. Finalmente, ¡empezó a salirse del papel!

—¡Aaaaah! —gritaron Dipper y Mabel.

El brazo se levantó en el aire y se estrelló contra el piso; de inmediato, comenzó a arrastrarse en dirección a Dipper y Mabel, que estaban muertos de miedo. El brazo se acercaba... más... y más...

—¡Apártate! —gritó Dipper. Tomó el refresco de Mabel y se lo aventó al brazo.

Este comenzó a burbujear y después se desintegró por completo. Dipper volteó a ver a su hermana.

—¡No puede ser! ¡Mabel, esta fotocopiadora puede copiar seres humanos!

—¿Te das cuenta de lo que significa? —preguntó Mabel—. ¡Bleeeeeeeeeh! —balbuceó, mientras le arrojaba un hilo espuma morada a su hermano.

CAPÍTULO 2

DIPPER Y MABEL no se molestaron en contar a su tío sobre la fotocopiadora escalofriante. Ya habían visto muchas cosas extrañas en el bosque de Gravity Falls, pero Stan decía que no creía en ninguna de sus historias. Claro, tenía la Cabaña del Misterio llena de objetos

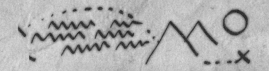

paranormales, pero sólo eran una farsa para atraer turistas crédulos.

Así que Dipper y Mabel terminaron de fotocopiar los volantes y los llevaron a su tío Stan, al cuarto donde sería la fiesta. Todo se veía listo, desde las luces y los globos hasta las estrellas moradas de metal. La pista de baile había sido perfectamente pulida. El tío Stan reunió a su equipo de fiesta a su alrededor: Dipper, Mabel, Soos y Wendy.

—Bueno, gente divertida... y Dipper —dijo Stan, y Dipper frunció el ceño—. Hablemos de negocios. Soos, por trabajar gratis y rogarme, te permitiré ser el DJ.

—No se arrepentirá, señor —aseguró Soos—. Tengo este libro, que me enseña a ser un buen D-D-DJ.

Soos mostró el libro: *Cómo ser un buen D-D-DJ.*

—No es buena señal —aceptó Stan—. Wendy, tú y Mabel trabajarán en la entrada.

—¡¿Qué?! —protestó Mabel—. Pero, tío Stan, ¡esta fiesta es mi oportunidad de hacer amigos!

—Yo puedo trabajar con Wendy —dijo Dipper rápidamente.

Su corazón se aceleró un poco cuando lo dijo. Wendy le gustaba desde la primera vez que la vio. Sabía que quizás no tenía oportunidad con ella; la chica tenía quince años, y él ni siquiera era un adolescente aún. Además, ella era más alta que él. Y siempre tenía novio. Pero aun así... seguía suspirando por ella.

—Te advierto que, si lo haces, debes prometer que te vas a quedar en la entrada con Wendy —dijo Stan con voz estricta—. No vas a poder escapar. Estarán toda la noche, los dos solos.

Dipper volteó a ver a Wendy, quien estaba dibujando una cara feliz en la panza de Soos. Él se movía para hacer que la cara se riera, y Wendy y Mabel se morían de la risa.

Dipper suspiró. ¡Wendy era la chica de sus sueños!

—Lo prometo —dijo.

Dipper no tenía mucho tiempo. Corrió al cuarto que él y Mabel compartían en el ático de la Cabaña del Misterio. Primero, necesitaba un plan. Después, necesitaba verse bien para Wendy. Estaba haciendo gárgaras con el enjuague bucal cuando Mabel entró y lo asustó.

—¡Ah! ¿Qué? —preguntó Dipper.

Mabel sonrió y empezó a hablar en una voz burlona:

—Eh, eh... puedo trabajar en la caja contigo, Wendy. ¡Bésame! —Hizo ruidos como de besos.

—Sí, sí. Ríete si quieres. —Dipper se arregló la corbata de moño frente al espejo—. Pero tengo un plan para asegurarme de que mi noche con Wendy sea perfecta.

—¿Un plan? No habrás hecho una de esas listas complicadas de siempre, ¿cierto? —preguntó Mabel.

—¿Complicada? Déjame que... Espera, despliego esto. —Dipper sacó una lista de su

bolsillo y la desplegó... varias veces. Era tan larga que casi llegaba al piso—. Paso uno: conocernos mejor con un divertido diálogo. Dialogar es como hablar, pero con gracia.

—Suena como una pésima idea para torpes —objetó Mabel.

—No, ¿ves? Lo que sigue no es un diálogo —dijo Dipper, señalando a Mabel y moviendo la mano de un lado a otro—. Es lo que quiero evitar para ese momento con Wendy. El paso final es invitarla a bailar.

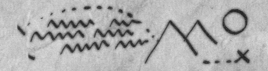

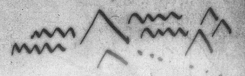

Dipper sonrió y comenzó a imaginarse una noche perfecta con Wendy:

Wendy y Dipper están en la pista de baile, bailando una canción lenta y romántica.

—¡Oh, Dipper! —exclama Wendy, mientras Dipper la recarga en sus brazos—. ¡Qué bueno que decidiste trabajar en la entrada conmigo! ¡Eres tan organizado! Muéstrame esa lista de nuevo.

Dipper entonces saca la larga lista de su bolsillo.

Wendy se impresiona, mientras la fantasía de Dipper comienza a desaparecer.

—Si sigo los pasos del uno al once —dijo—, nada podrá detenerme.

—Dipper, tú mismo eres el que te detiene —le respondió Mabel—. ¿Por qué no puedes acercarte a hablarle como una persona normal?

—¡Es el paso nueve, niña! —dijo Dipper, orgulloso, mientras apuntaba a la lista: «Paso 9: hablarle como una persona normal».

Mabel negó con la cabeza. ¡Su hermano no tenía remedio!

Los gemelos bajaron. Dipper se dirigió a la entrada, donde muchos niños hacían fila para entrar al baile. Adentro, Soos ponía canciones bajo una bola disco que colgaba del techo reflejando luces por todo el lugar. Stan tenía puesto su mejor traje blanco de la época disco y movía el pie al ritmo de la música, mientras cobraba una tarifa de salida para todos los que quisieran salir de la fiesta.

Afuera, Dipper estaba nervioso en la mesa donde él y Wendy vendían boletos. Era hora de poner en marcha su plan.

—«Paso seis: diálogo natural» —murmuró. Se escondió bajo la mesa para revisar su lista una vez más. Después se enderezo ante la mesa y se dirigió a Wendy:

—¿Te hago una pregunta natural? —Tuvo que aclararse la garganta—. ¿Cuál es tu tipo de bocadillo favorito?

—Oh, vaya. No puedo elegir uno —contestó Wendy.

—¡No puede ser! ¡También es el mío! —exclamó Dipper, sin pensar.

Wendy parecía confundida.

—Espera, ¿qué? —preguntó.

—Digo… digo… —Dipper tosió nerviosamente y se escondió debajo de la mesa—. ¡Tema nuevo! ¡Tema nuevo! —dijo para sí mismo.

Adentro, Mabel observaba toda la fiesta en busca de nuevos amigos. En seguida vio a dos posibles amigas: una chica que tenía tenedores pegados a sus dedos de la mano derecha, y otra con una iguana gigante sobre su hombro.

Mabel se acercó a ellas.

—¡Guau! ¡Pero si tienes un animal en tu cuerpo! Soy Mabel.

—Hola, soy Grenda —dijo la chica de la iguana, con una voz muy grave—. Y ella es Candy.

—¿Por qué tienes tenedores en los dedos? —preguntó Mabel.

Candy sonrió y metió su mano en el tazón de palomitas que Grenda tenía en su regazo. Cuando sacó la mano, llevaba una palomita en cada tenedor.

—Son para mejorar al ser humano —dijo, y ella y Grenda se rieron.

Mabel sonrió.

—Encontré a mis amigas —murmuró.

Desde su lugar de DJ, Soos bajó el volumen de la música y comenzó a leer su libro en voz alta:

—«No olviden, chicos, el que sea más fiesta-súper-genial...». ¡¿Qué?! «... se lleva lleva la súper corona. El más aplaudido al final de la noche gana».

Levantó la corona con una mano. Esta brillaba bajo las luces de la bola disco. Las chicas suspiraron. ¡Era hermosa!

Una chica rubia se acercó al puesto de DJ de Soos.

—¿Una corona? Me la llevo, te agradezco.

—¿Quién es ella? —preguntó Mabel a sus nuevas amigas.

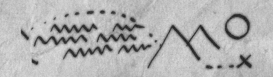

—Es la chica más popular del pueblo. Pacífica Noroeste —contestó Candy.

—No puedo evitar sentirme mal cuando está ella —dijo Grenda.

—Eh, no puedo darte la corona —dijo Soos a Pacífica—. Es como una competencia.

Pacífica rio y le quitó el micrófono.

—En serio, ¿quién va a competir contra mí? —preguntó. Después señaló a Candy y a Grenda—. ¿La Chica Tenedor? ¿La Chica Iguana? ¡Ja!

Pacífica y sus amigas se rieron.

—Abrázame, Candy. —Grenda abrazó a su amiga.

—Nuestro club no es bienvenido aquí —dijo Candy con tristeza.

Mabel puso una cara seria. Y caminó con determinación hacia Soos.

—¡Ey! ¡Yo compito! —dijo, y le dirigió una sonrisa a Pacífica—. Soy Mabel.

—Suena como nombre de anciana anticuada —se burló Pacífica.

—Tomaré eso como un cumplido —contestó Mabel, aún sonriendo.

Pacífica entrecerró los ojos.

—Que la mejor mujer gane.

—¡Gusto en conocerte! —gritó Mabel, mientras hacía una señal de adiós con su mano. Pacífica se alejó bailando. Después, Mabel bajó la voz y dijo—: Hoy la aplasto.

La multitud aplaudía y vitoreaba mientras Pacífica y Mabel se preparaban para ver quién podía ser la más «fiesta-súper-genial». Los aplausos se oían también fuera, donde estaban Dipper y Wendy.

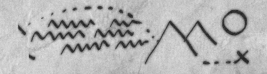

—¡Guau! Creo que la fiesta está alocada —dijo Wendy. Se puso de pie y miró por la ventana—. Tengo que entrar ya. ¿Me cubres?

—Ah, ja, ja, ja... Bueno, yo... —tartamudeó Dipper. Así no se suponía que debía marchar el plan.

—Gracias, Dipper —respondió Wendy, y se escabulló a la fiesta. Soos estaba bailando bajo la bola disco.

Dipper no podía tolerarlo. Se suponía que él debía estar ahí, bailando con Wendy. Sobre la mesa de los boletos, volteó el anuncio de «ABIERTO» hacia el lado que decía «CERRADO».

—Vuelvo en seguida —dijo a los niños que hacían fila para comprar boletos. De pronto, sintió que alguien lo jalaba.

—¡Ey! ¿Qué estás haciendo, niño? —gruñó el tío Stan, alzando a Dipper por la chamarra; sus piernas colgaban sobre el suelo—. Ellos no van a estafarse a sí mismos.

Dipper suspiró.

Stan lo soltó y se fue. Dipper volteó hacia la ventana y vio la fiesta. Wendy estaba bailando.

—Si pudiera estar en dos lugares a la vez...
—dijo, y unos volantes de la fiesta volaron por el
viento y aterrizaron junto a él. Le recordaron la
fotocopiadora.

Dos lugares a la vez. ¡Eso era! Volvió a poner
el letrero «CERRADO» y se escabulló a la
bodega de la Cabaña del Misterio. Levantó la
tapa de la fotocopiadora y se subió sobre el
vidrio. Presionó el botón.

—Me pregunto si será buena idea. —La
fotocopiadora rechinó y una tenebrosa luz verde

brilló a través del cristal. La máquina escaneó su cuerpo, y, cuando terminó, Dipper saltó y vio un papel de su tamaño deslizarse de la fotocopiadora.

Parecía una foto de espaldas de Dipper. Después, empezó a tomar color y en seguida a cobrar vida. Se levantó del piso y volteó para ver a Dipper a la cara, quien miró con asombro a su clon fotocopiado. Era como verse en un espejo tridimensional.

—¡Guau! ¡Qué cabeza tan grande tengo! —dijo Dipper.

CAPÍTULO 3

—**O**YE, AM... —dijeron los dos Dippers al mismo tiempo. Después se rieron—. Lo siento, tú primero. Deja de copiarme.

Dipper y su clon se rieron. La máquina había hecho una copia que no sólo se parecía a Dipper, también pensaba como él. El clon decía las mismas cosas que Dipper diría.

Dipper original tomó un marcador negro y escribió un número dos en la gorra de su clon.

—Tu nombre será Número Dos —dijo Dipper.

—Me temo que no. ¿Sabes qué nombre siempre quise? —preguntó el clon.

Y por supuesto, Dipper lo sabía. Él y el clon pensaban exactamente igual.

—¡Tyrone! —dijeron los dos al mismo tiempo.

—De acuerdo, Tyrone, ¡manos a la obra! —exclamó Dipper, recordando la razón por la que se había fotocopiado en un principio—. ¿Qué te parece si me cubres en la entrada y yo invito a Wendy a bailar?

Tyrone asintió y dijo:

—¡Conozco el plan, amigo!

Dipper frunció el ceño.

—¡Ey! No te pondrás celoso ni me atacarás como en las películas de clones, ¿verdad?

—¡Dipper, vamos! Estamos hablando de ti, amigo —dijo Tyrone—. Además, puedes desintegrarme con agua cuando quieras.

—¡Sí! —Dipper sonrió.

Así que Tyrone salió a trabajar vendiendo boletos mientras Dipper se dirigió a la pista de baile.

—Escucha, Wendy —dijo—. Conseguí a alguien que me cubra en el trabajo.

Wendy volteó a verlo con una sonrisa.

—¡Asombroso! Quédate con nosotros. Robbie, ¿te acuerdas de Dipper, de la Cabaña del Misterio?

Un adolescente alto giró y se puso de pie frente a ellos. Su cabello negro caía sobre sus ojos, y tenía una guitarra eléctrica colgada al hombro. Tras de él, había una bicicleta de montaña, roja con plateado, recargada sobre la pared.

—Eh, no —dijo Robbie. Sacó su guitarra del estuche y tocó unas cuantas notas—. Oye, Wendy, mira mi nueva guitarra.

A Wendy se le iluminó la cara.

—¡Guau! *Cool.*

Dipper casi grita de espanto. ¡Robbie no era parte de su plan! Podía imaginar lo que pasaría después; se imaginó una escena en su mente:

Wendy y Robbie están en la pista de baile, moviéndose al ritmo de una canción lenta.

—Robbie, eres un torpe, arrogante y farsante. Pero eso no me importa porque tocas la guitarra —dice Wendy—. ¡Oh, espera! Olvidé algo.

Wendy atraviesa la pista de baile y golpea a Dipper en el estómago. Después le grita a Robbie:

—¡Casémonos hoy!

El celular de Dipper lo trajo de vuelta a la realidad. Era Tyrone.

—Ey, amigo, soy yo: tú —dijo—. Acabo de tener la misma fantasía.

—Hay que eliminar a Robbie si quiero bailar con Wendy —dijo Dipper.

—Ey, Dipper. Vamos a sentarnos al sofá —comentó Wendy—. Ven cuando termines.

Ella y Robbie se alejaron de la pista de baile, y Dipper entró en pánico.

—¡Oh, no! ¡Van a sentarse en el sofá! ¡Pensemos en algo rápido! —gritó al teléfono. En ese momento, notó la bicicleta de Robbie—. Tengo una idea.

—Yo tuve la misma —dijo Tyrone, asomándose por la ventana—. Pero necesitaremos ayuda.

Unos minutos después, ambos estaban en la bodega. Un segundo clon salía de la fotocopiadora.

—Y ahí es cuando tú entras, Número Tres —dijo Dipper, después de explicarle el plan a su nuevo clon.

—Pero, ¿y si Robbie me atrapa? —preguntó Número Tres—. Estaré solo.

—De acuerdo, uno más. Un clon más —dijo Dipper—. Es un plan para cuatro *Dippers*. —Se subió a la fotocopiadora de nuevo y presionó el botón. Una nube de humo salió de la máquina y se oyó un chirrido.

—Se atascó el papel —informó Tyrone, mientras se acercaba a la bandeja. La hoja que salía de la máquina tenía la imagen de Dipper, pero estaba arrugada. Tyrone la extendió en el piso y la imagen cobró vida. Parecía una versión aplastada de Dipper.

—¡Bleee ña ña aaarg! —gritó el Dipper aplastado, y saltó a los brazos de Tyrone.

—¡Vamos!, no vas a hacerme trabajar con él, ¿cierto? —preguntó Número Tres a Tyrone.

—¡Sh! ¡No seas grosero! —susurró Tyrone, mientras el Dipper aplastado gritaba y jalaba su labio como un simio travieso.

Dipper suspiró.

—De acuerdo. Sólo un clon más —dijo.

En la pista de baile, Mabel y Pacífica competían para ver quién podía ser más fiesta-súper-genial. Pacífica bailaba bajo el reflector, cantando una canción de pop. La multitud aplaudió cuando terminó la canción con una nota muy alta, capaz de romper un cristal.

—Yo cantaba así —dijo Grenda—, pero después mi voz cambió.

—¡Pacífica va en primer lugar! —anunció Soos.

Pacífica le entregó el micrófono a Mabel.

—Intenta superarlo —la retó—. Oh, Grenda, ¿sabes? Hablas como un luchador profesional.

Pacífica se alejó riendo, y Grenda apretó sus puños.

—Quiero sujetarla con una llave y golpearla —gruñó.

—No debemos darnos por vencidas, chicas —sugirió Mabel con entusiasmo—. Oigan esto. Soos, ¡ponme la balada de rock más ochentosa y empalagosa que tengas!

Soos presionó unos cuantos botones.

Comenzó a salir una balada de 1980 de las bocinas. Mabel se subió al escenario y empezó a cantar.

—*¡No creas que no creo! ¡Jamás veré lo que no veo!*

La multitud enloqueció con la canción. Mabel quiso terminar su acto con una marometa, pero se cayó de boca.

—¡Fue por ustedes, chicos! —gritó, y todos vitorearon.

Justo en ese momento, Dipper se acercó a Soos y le dijo algo al oído. Soos asintió y tomó el micrófono.

—Chicos, ¿se encuentra aquí el dueño de una bicicleta sucia y roja? Dicen que la acaban de robar.

—Espera, i¿qué?! —preguntó Robbie. Volteó a la ventana y vio a dos chicos yéndose en su bicicleta.

¡No se imaginaba que se trataba de dos clones de Dipper!

—¡Vuelvan aquí! —gritó Robbie mientras corría tras ellos.

—¡Oh! ¡Qué pena! —dijo Dipper a Wendy. Se le salió una risa nerviosa—. Me pregunto quiénes serán esos. No soy yo, porque estoy aquí.

—¡Las luces bajarán! —dijo Soos al tiempo que movía los botones de su consola—. Chicos, chicas, es el momento.

Comenzó a sonar una canción lenta.

—Vaya, amo esta canción —comentó Wendy.

Mabel se acercó a su hermano.

—iEy, torpe! iEs tu oportunidad de bailar con Wendy! ¡Vamos! ¡Hazlo! —exclamó en voz baja al tiempo que empujaba a su hermano.

Dipper sacó la lista de su bolsillo y la estudió. Después volteó a ver a Wendy, quien seguía en el sofá, moviéndose al ritmo de la canción. Lo único que tenía que hacer era invitarla a bailar.

—Yo... eh... —tartamudeó Dipper, sintiendo el sudor de su frente—. En seguida vuelvo.

Corrió a su cuarto en el ático, donde encontró a Tyrone esperándolo.

—Coincido. No puedo ir y bailar con ella —dijo él.

—La pista es un campo minado. ¡Un campo minado, Tyrone! —se quejó Dipper.

—¿Y si falla el sistema de sonido? —preguntó Tyrone.

—Stan podría entrometerse —respondió Dipper.

—¡Robbie podría volver! —añadió Tyrone.

—Hay demasiadas variables —dijo Dipper, viendo a su clon a los ojos. Ambos pensaron lo mismo.

—¡Creo que ya sé!

CAPÍTULO 4

LA FOTOCOPIADORA chirriaba y brillaba con luz verde mientras Dipper hacía cinco copias más de sí mismo. Los once Dippers se dirigieron al ático e inmediatamente se pusieron a trabajar en un nuevo plan. (Bueno, no todos los clones contribuían. El Dipper distorsionado sólo babeaba y balbuceaba). Todos hablaban al mismo tiempo y hacían nuevas listas con más pasos.

—¡Muy bien, Dippers! ¡Vamos a reunirnos! —gritó el verdadero Dipper, y sus nueve clones se formaron frente a él—. Llegó la hora. ¿Todos saben qué hacer?

Todos asintieron y bajaron las escaleras para poner en marcha su plan en acción.

Primero, Número Diez debía distraer a Soos con un láser de luz.

—¡Soos, mira! ¡Un punto de luz! —gritó Número Diez, y señaló la pared atrás de Soos. Después encendió su láser y lo apuntó a la pared, moviéndolo de un lado a otro.

—Vaya, qué bueno que volteé —dijo Soos—. ¡Lo del punto no era mentira! —Intentó atrapar el punto verde como si fuera una mosca.

Mientras Soos estaba distraído, Número Diez puso un disco especial en la consola. El disco decía «MÚSICA DE WENDY». Número Cinco puso un filtro en el reflector de luz sobre la pista para dar una apariencia rosa y romántica al lugar. Número Siete bajó las cortinas. Y Número Ocho

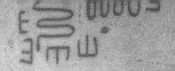

tentó al tío Stan con una caña para pescar que tenía un dólar como anzuelo.

—Claro, voy a caer en la tampa —dijo Stan, con sarcasmo... Luego se abalanzó sobre el dinero—. ¡Ah! ¡Dame ese billete! ¡Ven aquí! —gritó mientras corría afuera, persiguiéndolo.

Sonó una campana en el cuarto de Dipper que indicaba que era seguro salir.

—Te toca —dijo Tyrone—. Es el momento perfecto para invitar a Wendy a bailar. ¡Buena suerte, yo!

—No la necesito. ¡Yo tengo un plan! —repuso Dipper con mucha confianza mientras señalaba la lista en su bolsillo. Bajó las escaleras, llegó al pasillo y... ¡gritó! Wendy estaba parada en el pasillo y no en la pista de baile, como se suponía. Esto no estaba dentro del plan.

—Hola, amigo. ¿Qué pasa? —preguntó Wendy.

—Qué... qué... haces tú aquí? —tartamudeó Dipper—. Digo, ¿no deberías estar en la pista, en 42 segundos exactos?

—Estoy esperando el baño —contestó Wendy.

Dipper le dio la espalda y miró en su lista.

—Ah, ah, bien. Hablar, hablar, hablar —se murmuró a sí mismo. Empezó a sudar.

—Oye, digamos que todos en la fiesta caen en una isla desierta. ¿Quién crees que sería el líder? —preguntó Wendy.

Era una buena pregunta, y Dipper lo sabía. Pero estaba demasiado nervioso para responder.

—Yo...

—Yo creo que sería ese lunático —dijo Wendy, apuntando a la pista de baile, donde un hombre bajito hacía movimientos de karate al ritmo de la música.

Dipper se rio y guardó su lista.

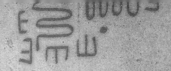

—Yo creo que sería esa jirafa. —Señaló a un tipo muy alto y delgado—. Eh... porque los altos ¿llegan a los cocos?

Wendy se rio.

—Hablando de altos, mira esto. —Wendy sacó su cartera y le mostró una foto de tres chicos. Había otra persona en la foto, a la que Wendy cubría con un dedo—. Estos son mis tres hermanos y yo soy... ¡buu! —Levantó el dedo y reveló una niña flaquita y muy alta con dos colitas y frenos, mucho más alta que los chicos. ¡Era Wendy!

—Ja, ja, ja. ¡Eras horrible! —se le salió decir a Dipper; inmediatamente se tapó la boca con las manos. Pero Wendy no se había ofendido.

—Sí... —dijo, asintiendo.

—¿Sabes? Los chicos se burlaban de mi marca de nacimiento, y por eso la oculto —dijo Dipper.

—¿Una marca? —preguntó Wendy.

—Ah, no, no es nada —contestó Dipper, nervioso—. ¿Por qué dije eso?

—Ni pienses en huir —le advirtió Wendy, con un brillo en sus ojos—. Ahora tendrás que mostrarme. ¡Quiero ver! ¡Quiero ver!

Dipper respiró profundamente y se quitó la gorra. Se levantó el pelo de la frente. Su marca de nacimiento se veía como...

—¡La Osa Mayor! —dijo Wendy, impresionada; el patrón en la frente de Dipper era idéntico a la constelación de estrellas—. ¡Creí que era algo mucho más penoso! ¡Ey! ¡Los dos somos horribles!

Le dio a Dipper un vaso de refresco y ambos brindaron. De repente, la puerta del baño se abrió, y salió Pacífica.

—¿Me esperas? —preguntó Wendy.

—¡Desde luego! —contestó Dipper.

Entonces escuchó pisadas atrás de él, volteó y vio a Tyrone seguido de sus clones.

—¡Ey! ¿Qué estás haciendo aquí? —preguntó Tyrone—. Número Diez ha estado distrayendo

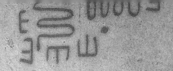

a Soos por quince minutos. Se va a cansar del punto en algún momento.

—¡Jamás! —gritó Soos desde su puesto de DJ.

—No van a creerlo, chicos —dijo Dipper sonriendo—. Me topé con Wendy por accidente y de hecho todo va más que genial.

—Qué lindo —respondió Tyrone—, pero no era el plan. ¿Tenemos que recordártelo?

Los clones comenzaron a leer sus listas al mismo tiempo.

—¡Paso uno...!

—¡Paso tres...!

—Oh, vaya. Esto es una locura. —Dipper se dio cuenta—. Oigan, tal vez ya no necesitemos el plan. Tal vez deba ir a hablarle como una persona normal.

Número Nueve ahogó un grito.

—¿Qué? —preguntó Número Ocho.

—¡Muérdete la lengua! —gritó Número Siete.

—Si no vas a seguir el plan, tal vez tú no debas ser el Dipper que baile con Wendy —dijo Número Cinco.

Los demás clones asintieron.

—Cinco. Número Cinco está en la fiesta.

—¡Chicos, vamos! —exclamó Dipper—. Dijimos que no íbamos a atacarnos.

—Todos sabíamos que no era cierto —dijo Tyrone con una mirada malvada.

Los clones se abalanzaron sobre Dipper, lo inmovilizaron y lo arrastraron por el pasillo.

—¡Aaaaaaaaah! —gritó Dipper.

CAPÍTULO 5

DIPPER EMPUJÓ la puerta del clóset con todas sus fuerzas, pero los clones lo habían encerrado con llave. No lograba hacer que la puerta cediera.

—¡Esperen! —gritó asustado—. No puedo respirar aquí dentro.

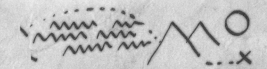

—Sí, sí puedes —dijo Tyrone, del otro lado—. Además, te dejamos bocadillos y un libro para colorear.

Dipper gruñó, estaba frustrado. Tomó una galletita con queso. Esos Dippers sí que lo conocían bien.

En el pasillo, Tyrone se dirigió a los otros clones:

—Bueno, ahora que el Dipper original, o «Dipper clásico», salió de la competencia, me nomino para bailar con Wendy en su lugar. Llevo aquí más tiempo, así que debo ir yo, ¿cierto? Vamos, es lo justo. Lógica, chicos.

—Buen punto, buen punto —dijo Número Diez—. Por otra parte, tal vez yo deba bailar con Wendy porque llevo menos tiempo aquí.

—Eso tiene cero sentido —dijo Número Cinco.

Número Diez volteó hacia él, enojado.

—¡Tú tienes cero sentido! —gritó, al tiempo que lo empujaba.

Número Cinco lo empujó a su vez.

—¡Cuidado!

—¡No empujes a los demás! —lo reprendió
Número Seis.

—Blaaaaaarf —añadió el Dipper aplastado.

Tyrone se acercó a este con un paquete de
bocadillos en la mano.

—¿Quieres queso con galletas, amigo?
—preguntó.

—Ñajamflaaj —contestó el clon defectuoso.

Tyrone intentó darle una galleta en la boca al
Dipper aplastado, pero esta cayó al piso.

—¡Rayos! —dijo Tyrone. Cayó en cuenta de
algo—. Chicos, ¿qué harían si los atrapan en un
armario?

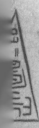

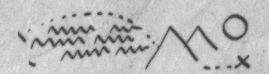

—Escapar —contestaron todos al unísono, y voltearon hacia el clóset. La puerta estaba abierta. ¡Dipper había escapado!

Dipper bajó las escaleras tan rápido como pudo. Logró asomarse al balcón, desde donde se veía la pista de baile.

—¡Wendy! —alcanzó a gritar, pero Tyrone le cubrió la boca con una mano y lo alejó de la orilla.

—¡Vamos, amigo! Ríndete —lo amenazó Tyrone—. Somos más que tú.

—Aguarden, chicos —dijo Dipper—. Piénsenlo. Somos todos iguales mental y físicamente. Si empezamos a pelear, duraría toda una eternidad.

Tyrone asintió.

—Sí, tiene razón.

Los clones comenzaron a dialogar. Las palabras de Dipper tenían mucho sentido.

—No lo había pensado —aceptó Número Nueve.

En ese momento, Dipper golpeó a Tyrone en la cara.

—¡Lucha de clones! —gritó Número Nueve.

Los clones iniciaron una pelea entre ellos, golpeando y pateando.

Número Cinco abofeteaba repetidamente a Dipper.

—¡Deja de golpearme a mí mismo! ¡Deja de golpearme a mí mismo! —decía Número Cinco. De repente, Número Seis llegó de la nada y lo atacó. Los clones luchaban de un lado a otro, golpeándose en el estómago y torciéndose los brazos.

Dipper aprovechó el caos y comenzó a irse lentamente. Número Diez lo vio.

—¡El Dipper clásico se escapa! —gritó.

Pero Dipper tenía un plan. Había pegado con cinta un número siete en su gorra.

—No, amigos. Soy yo el número siete —dijo, señalando su gorra.

—¡A él! —gritó Número Nueve.

—Atrás, atrás —ordenó Dipper. Y sacó lo único que tenía en su bolsillo, una pistola de serpentinas.

¡Pof! Jaló una cuerda, y salió confeti del aparato. Era de muy mala calidad, pero el humo que salió de la pistola fue suficiente para activar la alarma de incendios. Cayó agua de los

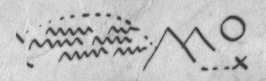

rociadores de emergencia sobre los ocho clones,
que se derritieron de inmediato.

—Ja. ¿Qué les parece? —murmuró Dipper
cuando se apagó el rociador de agua. De pronto,
oyó una voz muy familiar atrás de él.

—¡Tú! —Tyrone lo señaló con el dedo.

—¡Oh, no! —dijo Dipper.

CAPÍTULO 6

EN LA PISTA de baile, seguía el concurso para ver quién podía ser la más fiesta-súper-genial. Mabel hizo el paso del gusano, y la audiencia a su alrededor le aplaudió y vitoreó.

—Una canción más, chicos —anunció Soos—, y luego vamos a entregar la súper corona. Va a ser una...

Presionó un botón y se escuchó el sonido de una bomba. Soos sonrió.

—¡Lo logré!

Mabel se acercó a Pacífica.

—Pacífica, quiero decirte que no importa quién gane; fue una fiesta súper divertida. —Mabel extendió su mano, pero Pacífica no se la estrechó.

—Aw, crees que vas a ganar —dijo y después se puso una mano al oído—. ¿Oíste eso? ¿Gente aplaudiendo a las chicas raras? Sí, tampoco yo.

Se alejó, pero Mabel no dejó de sonreír. Se estaba divirtiendo mucho, y Pacífica no iba a arruinar su noche.

En el piso de arriba, Tyrone tenía a Dipper sujeto con una llave.

—Dilo, di que puedo bailar con Wendy —dijo Tyrone.

—¡Jamas! —gritó Dipper, desprendiéndose de la llave y atrapando a Tyrone en otra.

Ambos se congelaron al escuchar la risa de Wendy a lo lejos.

—¿Wendy? —preguntaron los dos al unísono y se acercaron al balcón para investigar.

¡Robbie había regresado! Y él y Wendy estaban en una esquina, hablando y riendo. Dipper y Tyrone suspiraron.

—¡Lo echamos a perder! —dijeron los dos, y se sentaron en el suelo, derrotados.

—Oye, amigo, ¿quieres ir por un par de refrescos o algo? —preguntó Tyrone.

Mientras los dos chicos bajaban las escaleras, Soos reunía a la gente en la pista de baile. Se

paró en medio del escenario. De un lado tenía a Mabel y del otro a Pacífica.

—¡Que la votación comience, amigos! —anunció.

—Buena suerte, Mabel —dijo Pacífica con un tono malvado. Claramente no lo decía en serio.

—¡Aplausos para votar por Mabel! —gritó Soos.

Mucha gente aplaudió, incluyendo a Stan y a las nuevas amigas de Mabel, Candy y Grenda.

—¡Vamos, Mabel! —gritó Grenda.

—Revisemos el aplausómetro —dijo Soos, levantando un brazo como si se tratara de una máquina que midiera aplausos. Su brazo se detuvo formando un ángulo recto—. ¡Bien hecho!

Mabel sonrió.

—Y la segunda concursante: ¡Pacífica! —anunció Soos.

Al principio, sólo aplaudieron sus amigas. Después, Pacífica volteó a ver a los demás niños, y estos comenzaron a aplaudir por miedo. El brazo izquierdo de Soos subió y se detuvo en un ángulo recto, empatado con su brazo derecho.

—Oh, oh. Un empate. Eso es algo que jamás había pasado —declaró Soos.

Pacífica frunció el ceño. No estaba acostumbrada a perder ni a empatar, sólo a ganar. Tuvo una idea. Se acercó al Viejo McGuckett, quien estaba durmiendo sobre unas sillas dobladas. Columpió un billete frente a su cara. Olfateando el aire, el viejo despertó y tomó el billete. Después aplaudió con alegría.

El brazo izquierdo de Soos comenzó a moverse. ¡El aplauso de McGuckett hizo que Pacífica ganara!

—Damas y caballeros, ya tenemos a la ganadora —concluyó Soos con tristeza—. La ganadora del concurso es Pacífica Noroeste.

Soos le puso la corona.

—Les agradezco, amigos —dijo ella, dirigiéndose a la multitud—. Están invitados a otra fiesta en el barco de mis padres. ¡Wujú, vamos!

Un grupo de niños levantaron a Pacífica y salieron de la Cabaña del Misterio gritando:

—¡Pacífica! ¡Pacífica! ¡Pacífica!

Mabel tenía una cara triste.

—Siento decepcionarlas, chicas —le dijo a Candy y a Grenda—. Entiendo si quieren irse.

—Pero nos perderíamos la piyamada —repuso Candy, sonriendo.

Mabel estaba confundida.

—¿La qué?

—Nos dieron permiso para dormir aquí contigo. ¡Eres como una estrella de rock! —exclamó Grenda.

Candy sacó el último número de la revista *Chicos Geniales* de su mochila.

—¡Mira! ¡Tengo revistas de chicos!

A Mabel se le iluminó la cara.

—¿En serio? ¡Amigas!

—Tal vez no tengamos tantas amigas como Pacífica, pero estamos juntas —dijo Candy—. Y eso es muy bueno, ¿no crees?

—¡Soos! —gritó Mabel—. ¡Pon otra canción! ¡Esta fiesta no termina!

—Claro, chica popular —respondió Soos, mientras colocaba otro disco en el tocadiscos. La música comenzó a sonar, y Mabel y sus nuevas amigas se pusieron a bailar.

Dipper y su clon no tenían muchas ganas de bailar. Se sentaron en el techo a ver las estrellas. Cada uno tenía una lata de Pitt Cola.

—¿Crees que tengamos una oportunidad con Wendy? —preguntó Dipper—. Porque tiene 15 años; nosotros, 12...

—No lo sé, hermano —contestó Tyrone—. Eso espero, pero el progreso será cero si seguimos así. La única buena conversación con ella fue cuando ignoraste toda tu lista.

—Sí, lo sé —Dipper asintió—. Mabel tenía razón. Yo mismo me detengo.

—¡Literalmente! —dijeron al mismo tiempo.

Los dos chicos brindaron con sus latas de refresco y tomaron un trago. Una mirada de terror apareció en la cara Tyrone.

—¡Rayos! ¡No me mires ahora! —advirtió Tyrone, mientras se derretía—. No olvides lo que hablamos.

Seguro —respondió Dipper.

—El cuerpo de Tyrone se había convertido en un charco; sólo quedaba su cabeza.

—Y deja de ser tan tímido con Wendy —pidió, mientras su cabeza comenzaba a disolverse—. ¡Hazlo por mí!

Tyrone desapareció.

—¡Tyrone! ¡Fuiste el único que me entendió! —dijo Dipper con un suspiro.

Después bajó del techo. Se asomó por la ventana al interior de la Cabaña del Misterio.

Mabel bailaba con dos chicas, y Wendy estaba recargada en la pared, moviendo la cabeza al ritmo de la música.

Dipper sacó su lista. Si seguía el plan, tal vez podría...

¡*Rrrrrrep!* Rompió la lista en dos y entró a la cabaña.

De ahora en adelante, no haría más planes para impresionar a Wendy. Sólo sería él mismo, Dipper (el original).

√ STEP 1 SMILE
√ STEP 2 WEAR CLEAN PANTS
STEP 3 COMPLIMENT

PARTE
2

CAPÍTULO 1

STAN SIEMPRE ESTABA buscando nuevas formas de ganar dinero. Un día, decidió probar un plan en un grupo de turistas que acababa de salir de la Cabaña del Misterio.

—Para la última ilusión de hoy, tenemos el increíble ¡Saco del Misterio! —Stan tomó un saco de tela y lo mostró—. Si ponen sus billetes aquí, misteriosamente desaparecen.

Los turistas obedecieron con gusto.

—¡Increíble! —exclamó un hombre.

—¡Valió la pena el viaje! —dijo otro, mientras aventaba varios billetes al saco.

Stan sonrió. Su plan estaba funcionando mejor de lo que había imaginado.

Dentro de la cabaña, Dipper, Mabel y Soos estaban viendo su nuevo programa favorito en la televisión, *Puño de tigre*: trataba de un tigre que tenía un brazo humano.

—¡Sí! ¡Eso es! —gritó Mabel.

Después comenzó un comercial que incluía un par de manos que liberaban unas palomas.

—¿Se siente el ser más infeliz? —preguntó una voz en la pantalla—. Entonces debe conocer a... ¡Gideon!

A continuación, apareció la sombra de una persona con un gran signo de interrogación.

GIDEON

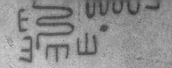

—Gideon —murmuró una voz suave en la televisión.

Mabel pensó en voz alta:

—¿Qué lo hace tan especial?

—¡Es vidente! —dijo la voz del comercial—. No pierda su tiempo con supuestos «hombres misteriosos».

La siguiente imagen era de Stan, en ropa interior y con papel higiénico en una pantufla, saliendo del baño portátil fuera de la cabaña. La palabra *FRAUDE* aparecía sobre él.

—¡Conozca el mañana hoy! ¡En la tienda de la telepatía de Gideon!

—¡Guau! ¿Saben? Ya me está picando la curiosidad —dijo Mabel.

—Pues que no te pique nada —gruñó el tío Stan, quien acababa de aparecer—. Desde que ese monstruo, Gideon, llegó al pueblo, sólo tengo problemas. —No sólo le molestaba el comercial. Gideon iba por todo el pueblo en una casa rodante, convenciendo a la gente de no ir a la Cabaña del Misterio. Esto, obviamente, afectaba las ganancias de Stan.

—Pero, ¿en serio es vidente? —preguntó Mabel.

—Deberíamos averiguarlo —contestó Dipper.

—¡Jamás! —intervino Stan—. Les prohíbo ser clientes de la competencia. Nadie que viva en mi casa visitará la casa de Gideon.

Dipper volteó a ver a Mabel y le dijo:

—Una *tienda* no es una casa.

—No tarden en venir, amigos —siguió la voz del comercial—. Gideon los está esperando.

Esa noche, Dipper, Mabel y Soos fueron a la tienda de Gideon. Era una carpa gigante decorada con un símbolo misterioso: una estrella de colores con un ojo en medio. Había mucha gente curiosa. En la entrada, un hombre con camisa hawaiana y sombrero de paja tenía un saco con el mismo símbolo. Una etiqueta en su camisa decía «Buddy».

—¡Pasen por aquí, amigos! —decía con una voz muy parecida a la del comercial—. Pongan sus billetes en el Saco Vidente de Gideon. ¡Uno es suficiente!

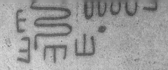

Dipper, Mabel y Soos se sentaron en una de las bancas de madera, en el interior. Mabel comía palomitas. Pronto, las luces dentro de la carpa se atenuaron y la gente guardó silencio.

—Ya empieza. ¡Ya empieza! —susurró Mabel con emoción.

—Veamos cómo es este «monstruo» —dijo Dipper.

La cortina del escenario se abrió ante ellos y reveló a un niño pequeño con un peinado enorme: su pelo estaba muy levantado sobre su frente, creando un copete fenomenal. También tenía muchas pecas en sus redondas mejillas. Llevaba puesto un traje azul cielo y una capa con el símbolo del ojo. En su corbata vaquera, brillaba una piedra verde.

—¡Hola, país! ¡Me llamo pequeño

Gideon! —anunció ante los presentes. Aplaudió una vez, y varias palomas salieron volando de su pelo.

—¿Ese es el enemigo mortal de Stan? —se preguntó Dipper.

—Pero él es muy pequeñito —dijo Mabel.

—Damas y caballeros, es un gran regalo para mí tenerlos aquí hoy —dijo Gideon, con una voz suave—. ¡Un gran regalo! —continuó mientras juntaba sus manos—. Acabo de tener una visión. Adivino que pronto van a decir «iaaaw!».

Dio la espalda al público y después se volvió hacia él, esta vez con los ojos bien abiertos, tan tiernos como los de un gatito.

—¡Aaaw! —exclamó la audiencia.

Los ojos de Mabel se llenaron de sorpresa.

—¡Adivinó! —dijo.

—¿Qué? No me impresionó —dijo Dipper, encogiendo los hombros.

—¡Te impresionó! —lo molestó Mabel.

—¡Música, papá! —gritó Gideon. Ante la orden, el hombre de sombrero de paja empezó a tocar un piano eléctrico. Gideon comenzó a cantar:

Yo logro ver lo que otros no ven.
No es un truco más, es mi gran habilidad.
Por eso yo voy a ver el futuro hoy.
¡Podrían hacerlo si fueran como yo!

—¡Vamos! ¡Todo el mundo de pie! —Gideon levantó las manos—. ¡Quiero que me acompañen!

Todos se levantaron de sus asientos, hasta Dipper, que no tenía intención alguna de hacerlo.

—Pero ¿qué? ¿Cómo...? —dijo Dipper.

—¡Canten conmigo! —continuó Gideon. Señaló a una señora mayor que tenía dos gatos en su regazo—. *Desea que su hijo la llame más* —cantó.

—¡Mis gatos van a heredar todo! —contestó la señora, levantando un puño.

Uno de los gatos maulló, como mostrando su acuerdo.

—*Presiento que ya estuvo aquí* —cantó Gideon, señalando al comisario Blubs.

El comisario bajó la mirada a sus brazos llenos de *souvenirs* de Gideon.

—Oh, ¿qué me delató? —preguntó.

Entonces Gideon le cantó a Mabel, quien tenía un suéter con la palabra *MABEL* escrita en letras de arcoíris.

—*Leeré tu mente si puedo. Tú te llamas Mabel, ¿acierto?*

Mabel ahogó un grito.

—¿Cómo lo supo? —se preguntó.

Gideon regresó al escenario.

—*Bienvenida, gente mía al reino de la telepatía* —continuó cantando—. *Y gracias por visitar.* —Guiñó un ojo—. *¡Gracias a mí!*

Estallaron llamas azules a sus lados, y cayó del techo un letrero de neón con la palabra *GIDEON*.

Gideon jadeó y resopló; tras sacar una botella de agua, le dio un gran trago.

—¡Oh, por favor! —susurró, y luego se dirigió a la gente—: amigos, gracias. ¡Son todo un milagro!

—¡Wuuuu! ¡Sí, sí! —gritó Mabel, con la multitud.

Pero Dipper seguía sin estar impresionado.

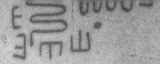

—¡Vaya! Ese chico es más farsante que Stan —dijo cuando salían de la carpa—. Entiendo que el tío esté celoso.

—¡Oh, vamos! ¡Sus pasos de baile son adorables! —refutó Mabel—. ¿Y viste su pelo? Era algo iguau!

Dipper negó con la cabeza:

—Eres fácil de impresionar.

—Sí, sí, sí —dijo Mabel riéndose.

Gideon se veía tierno y divertido, pero Mabel sabía que Dipper tenía razón. El tío Stan estaba equivocado al llamar *monstruo* a Gideon.

Detrás de los gemelos, Gideon observaba a Mabel detrás de unas vigas de madera... Sus ojos tiernos se encogían de manera amenazadora.

CAPÍTULO 2

AL DÍA SIGUIENTE, Mabel se acercó a Dipper
con una pistola rosa de silicón. Su cara estaba
llena de joyas azules, verdes y rosas.

—¡Mírame, Dipper, ahora estoy brillando como
una estrella! —anunció—. Y si parpadeo... —Las

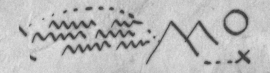

joyas saltaban de sus párpados, y ella hacía una cara de dolor. Dipper negó con la cabeza.

—¿Eso es permanente?

—No soy apreciada en mi época —dijo Mabel.

Sonó el timbre.

—¡Que alguien abra la puerta! —gritó Stan.

—¡Yo voy! —gritó Mabel, y se quitó las joyas de la cara. Cuando abrió la puerta, ahí estaba Gideon.

—Hola —dijo.

—¡Es el pequeño Gideon! —exclamó Mabel con entusiasmo.

—Sí, todos me reconocen —respondió Gideon, con un poco de pena—. No nos hemos presentado, pero después de verte ayer, me fue imposible quitar tu risa de mi cabeza.

—¿Hablas de esta? —preguntó Mabel. Después se rio como foca bebé que quiere comer—. ¡Ajajajajá!

—¡Oh, qué deleite! —dijo Gideon—. Cuando te vi entre el público, me dije a mí mismo: «Ella es mi alma gemela, alguien que aprecia el brillo de la vida».

—Sin duda esa soy yo —dijo Mabel—. ¡Ja, ja, ajaj, aj... cof! —Mabel tosió varias joyas, que cayeron sobre el cuello del saco de Gideon.

Él volteó a ver su saco, ahora brillante, con admiración.

—Encantador. En serio, encantador —susurró Gideon.

—¿Quién está ahí? —preguntó Stan desde dentro de la cabaña.

—¡Nadie, tío Stan! —mintió Mabel.

—¿Qué dices si nos vamos de aquí a charlar un poco? ¿Tal vez en mi camerino? —preguntó Gideon.

Mabel abrió los ojos con asombro.

—¡A maquillarnos! —dijo con alegría, y picó el estómago de Gideon.

—Ja, ja, ¡auch! —murmuró él.

Se dirigieron al camerino, que estaba lleno con atuendos y accesorios brillantes.

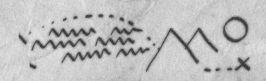

—¿Ves algo que te guste? —preguntó Gideon.
Miró fijamente a Mabel y bajó la voz—: Porque
yo sí.

Aunque Gideon daba a entender que sentía
algo por Mabel, ella no lo notaba en lo absoluto.
Ella sólo creía que él era muy simpático. Se
probaron distintos atuendos y después fueron
a arreglarse el pelo, el maquillaje y las uñas.
Cuando Mabel regresó a la Cabaña del Misterio,
le mostró a su hermano sus uñas falsas.

—¿Dónde estabas? —protestó Dipper—. ¿Y qué es esa cosa en tus uñas? Te pareces a Wolverine.

—¡Lo sé! ¡Sí! ¡Ah! —gruñó Mabel—. Estaba con mi nuevo amigo Gideon. Es un pequeño muy divertido.

—Mabel, no confío en nadie con un peinado más grande que su cabeza —dijo Dipper.

—¡Déjalo en paz! —exclamó Mabel—. Tú no quieres jugar a estas cosas conmigo. Tú y Soos siempre hacen cosas de varones.

—¿De qué hablas? —alegó Dipper.

Soos entró a la habitación con un paquete de salchichas.

—Amigo, ¿quieres explotar salchichas en el microondas, una por una?

—¡Vamos! —gritó Dipper, y corrió tras él.

Así que Dipper no protestó cuando Mabel se fue con Gideon al día siguiente. Los nuevos amigos subieron al techo de la fábrica encargada de hacer los *souvenirs* de Gideon.

—¡Guau! La vista desde tu fábrica familiar es genial —dijo Mabel—. Qué bueno que los dos trajimos...

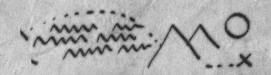

—¡Gafas de ópera! —gritaron a la vez.

Ambos se rieron y voltearon a disfrutar el panorama: se veían muchos árboles y hogares de Gravity Falls.

—Mabel, cuando estoy aquí mirando a todas esas personitas, me siento el rey de todo lo que contemplo. —Una maldad evidente se apoderó de la cara de Gideon, pero desapareció antes de que Mabel la notara—. Y eso te convierte en mi reina.

—¿Qué? —preguntó Mabel, riéndose—. Eres muy gentil conmigo, Gideon. ¡Basta! —Ella le dio un golpe juguetón en la panza.

—Es que no puedo parar —dijo Gideon—. Te estoy hablando con el corazón.

—¿Qué hablas con qué? —preguntó Mabel moviendo los ojos.

—Mabel, jamás me sentí tan cerca de alguien. Muy, muy cerca. —Gideon extendió una mano para acariciar el cabello de Mabel, pero ella lo quitó.

—Oye, Gideon, yo... Me agradas en serio, pero seamos amigos —pidió Mabel, nerviosa.

Ella soñaba con tener novio, pero en el fondo sabía que estaba demasiado joven aún. Además, Gideon no le gustaba de esa forma.

—Dame una oportunidad —dijo él—. Mabel, ¿podrías hacerme el honor de tener una cita conmigo?

—¿De juego? —preguntó ella.

Gideon negó con la cabeza.

—¿De compras?

—No, no. Será sólo una pequeña cita. Lo juro por mi lazo de la suerte —dijo Gideon, tomando

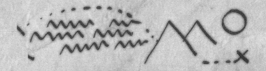

su piedra verde. Puso unos ojos enormes, como de gato. Era difícil para Mabel decir que no.

—Am... De acuerdo, sí, eso creo —aceptó al fin.

Gideon sonrió.

—Mabel Pines, me has hecho el chico más feliz del mundo. —Abrazó con fuerza a Mabel.

Después de unos segundos, ella preguntó:

—¿Estás oliendo mi pelo?

CAPÍTULO 3

MÁS TARDE, en la Cabaña del Misterio, Mabel y Dipper estaban jugando videojuegos.

—No es una cita-cita —explicó Mabel—. Es que, no sé, no quiero lastimarlo, por eso pensé en darle una esperanza.

—Mabel, los chicos no funcionan así —intervino su hermano—. ¡Vas a enamorarlo!

Mabel se rio.

—¡Sí, claro! Pero no soy tan adorable.

—En eso coincido contigo.

Sonó el timbre, y Mabel se levantó a abrir. Cuando abrió la puerta, ¡un caballo entró a la cabaña! Mabel gritó y saltó. Gideon estaba montado en el caballo. Traía puesto un sombrero enorme, como de vaquero, color azul cielo. Combinaba con su traje.

—Una noche de encanto nos espera, *milady* —dijo, dándole su mano.

—Oh, no —murmuró Mabel. Sospechaba que esto sería más que sólo una «pequeña cita».

Gideon la llevó al restaurante más elegante de Gravity Falls. Se sentaron ante una mesa enorme, privada y azul.

—Es increíble que dejaran entrar al caballo —dijo Mabel, asombrada. Podía ver al animal tomando agua en una fuente del restaurante.

—Pues a nadie le conviene decirme que no haga algo —explicó Gideon mientras subía los pies a la mesa.

Un mesero con un largo bigote se les acercó.

—Ah, señor Gideon, puso los pies en la mesa. ¡Excelente opción! —dijo, con acento francés.

—Jean-Luc, ¿qué hablamos del contacto visual? —dijo Gideon frunciendo el ceño.

El mesero retrocedió con la mirada perdida en el horizonte.

—¡Sí, sí! Muy bien —dijo al alejarse.

Mabel observó el plato y los cubiertos frente a ella.

—¡Jamás había visto tantos tenedores!
—Levantó el vaso frente a ella—. ¿Y esto es agua
con burbujas? *Oh là là ! Oui, oui !*

Gideon se aclaró la garganta y preguntó:

—*Parlez-vous français ?*

—No sé lo que estás diciendo —contestó Mabel.

En la Cabaña del Misterio, Stan estaba
leyendo el periódico en ropa interior, hasta que
una fotografía en la página seis le robó el aliento.
Se levantó y fue a la caja registradora, donde
encontró a Soos, Dipper y Wendy.

—¡Ey, ey! ¿Qué rayos hace Mabel en el
periódico junto a ese farsante de Gideon? —ladró
señalando el artículo. Este mostraba una foto
de Mabel y Gideon caminando de la mano. El
encabezado decía «¿LA PEQUEÑA NOVIA DEL
PEQUEÑO GIDEON?».

—Oh, sí. Parece serio —dijo Wendy, viendo las
noticias en su celular—. Todo el mundo habla de
la gran cita entre Gideon y Mabel.

La cara de Stan se puso roja.

—¡¿Qué?! ¿Ese pequeño sinvergüenza con mi
sobrina?

—Me pregunto cómo llamarán a la famosa pareja —dijo Soos—. ¿Mab-ideon? ¿Gide-abel? —Después ahogó un grito—. ¡Ma-gi-bel-deon!

—¡Yo no sabía nada! —gritó Dipper—. Y, además, le dije que era un error.

Stan se puso su traje y salió deprisa.

—Sí, pues se acaba ya —advirtió Stan con firmeza, caminando hacia la puerta—. Iré directamente a la casa de ese pequeño patán. ¡Esto se termina ahora mismo!

CAPÍTULO 4

UNOS MINUTOS DESPUÉS, Stan se detuvo frente a la casa donde vivían Gideon y su padre, Buddy Alegría. La casa de tejas blancas tenía una reja de metal alrededor. Un anuncio frente a la reja decía: «HOGAR DEL PEQUEÑO GIDEON ¡COMO EN TV!».

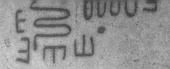

Stan abrió la reja y caminó azotando los pies. Pasó una estatua de Gideon con alas como de cupido. Un letrero con flores colgaba frente a la puerta de la entrada. Este decía: «PERDONE EL JARDÍN». Stan golpeó la puerta con todas sus fuerzas.

—¡Gideon, pequeño patán! ¡Abre ya! —Se detuvo a leer el letrero—. ¡No te perdono nada!

Buddy Alegría abrió la puerta, su cuerpo enorme llenó el marco.

—¡Vaya! ¡Stanford Pines! ¡Qué delicia! —dijo con entusiasmo.

—Abre paso, Buddy —le ordenó Stan, empujándolo a un lado—. Estoy buscando a Gideon. —Buddy sonrió.

—Pues no he visto al chico hoy, pero, ya que viniste, debes pasar a tomar un café. —Buddy lo empujó al interior de la casa.

—Pero, pero yo... —dijo Stan.

—¡Ah! Es importado, directo desde Colombia —intervino Buddy.

—¡Guau! Estuve preso ahí una vez —dijo Stan, impresionado. Después de todo, nunca había rechazado una taza de café.

Siguió a Buddy a la sala, donde encontró un sofá color lavanda, un sillón reclinable y una alfombra de flores.

—¡Vaya casa que tienes! —reconoció Stan, volteando a todas partes. Se detuvo frente a una pintura de un payaso triste—. Esto es bellísimo —dijo, y se sentó en el sillón.

Buddy se aclaró la garganta.

—Escuché que tu sobrina y mi Gideon están cantando a dúo últimamente, por así decirlo —bromeó, y puso una taza de café caliente sobre la mesa.

—Sí, y yo me opongo. —Stan golpeó un cojín.

—¡No, no, no! Creo que es una fantástica oportunidad comercial. ¡La Cabaña del Misterio y la Tienda de la Telepatía! —sugirió Buddy.

Luego ayudó a Stan a pararse y lo guio por la habitación—. Hemos estado peleando todos estos años... —Vio una foto de Stan en un blanco con dardos y la tomó, diciendo—: Ya la quito. —La aventó a un lado y continuó caminando—. Es una gran oportunidad para dejar la rivalidad y multiplicar las ganancias.

La palabra *ganancias* logró captar la atención de Stan:

—Soy todo oídos.

En el restaurante, Mabel y Gideon terminaban de cenar. Gideon se limpiaba la cara con una servilleta. Mabel observaba su langosta, todavía viva en su plato. No quiso que la cocinaran.

—Mabel, la cita de hoy fue todo un éxito —anunció Gideon—. ¡Y la de mañana promete superar esta en todos los sentidos!

—¡Ey, ey! —exclamó Mabel—. Dijiste que era una sola y se acababa. —Para Mabel la cita no había sido un éxito. Gideon había hablado de sí mismo todo el rato. Además, llevar un caballo al restaurante era de mala educación. Y, ¿quién se atrevería a comerse una langosta tan linda?!

Gideon levantó un brazo y dijo:

—¡Vaya! ¡Qué sorpresa! ¡Un guacamayo sudamericano de cresta roja!

Un enorme pájaro voló hacia la mesa y aterrizó sobre el brazo de Gideon. Era más grande que su cabeza. Gideon comenzó una cuenta regresiva, y el pájaro comenzó a recitar un mensaje.

—Mabel... ¿quieres... tú... acompañar... a Gideon... al baile... formal... este kueve... jueves?

Todos los del restaurante voltearon a ver a los chicos.

—¡Qué adorable! —comentó una mujer cuando vio al pájaro alejarse.

El chef sonreía en la cocina. Alcanzaron a escuchar que dijo:

—¡Gideon tiene novia!

—Están esperando —susurró Gideon—. ¡Acepta, por favor!

—¡Awww! —exclamaron todos los del restaurante, ya rodeando la mesa de Mabel y Gideon.

—Gideon, lo siento tanto, pero voy a tener que...

El comisario Blubs la interrumpió:

—Tengo el corazón en la boca.

—Esto va a ser adorable —dijo un ciclista delgado.

—Si ella dice que no, voy a envejecer de tristeza —se lamentó una viejita.

—Le advierto que ya es demasiado tarde —respondió   un médico detrás de ella.

Todos en el restaurante vitoreaban a la pareja. Mabel suspiró. Quería decir que no, pero ¿cómo podría hacerlo si todos querían que dijera que sí?

Cuando Mabel regresó a la Cabaña del Misterio, Dipper estaba leyendo el Diario #3. Mabel entró con la langosta del restaurante.

—¿Cómo te fue? —preguntó su hermano.

—No lo sé —dijo Mabel, suspirando—. Tengo una langosta ahora. —La colocó cuidadosamente en un tanque y la vio hundirse en el agua.

—Bueno, pero todo acabó y ya no tendrás que salir con él —dijo Dipper, esperando que su hermana dijera «sí». Pero no dijo nada—. Mabel, se acabó, ¿cierto?

Mabel aventó las manos al cielo.

—¡Aaaah! ¡Me pidió otra cita, y no sabía cómo decir que no!

—¡Pues así! —gritó Dipper—. «¡No!».

—¡No es tan fácil, Dipper! —protestó Mabel—. Y me gusta Gideon. Como un amigo o un hermano. No quiero herir sus sentimientos. Sólo tengo que hacer que las cosas sean como antes. ¡Ser amigos!

Sin embargo, Gideon tenía otra idea en mente. Mabel fue al baile con él, como lo había prometido, pero Gideon insistió en que después tomaran un paseo en bote, en el Lago Gravity Falls. El Viejo McGucket remaba, y en el agua brillaba la luz de la luna.

—¡Botes de noche! ¡Botes de noche!
—gritaba McGucket sin sentido.

A Mabel se le salió una risa nerviosa cuando cruzó miradas con Gideon.

—Pensé que el baile sería lo único de la noche —dijo ella.

Gideon tomó sus manos y le preguntó:

—¿No quieres que la noche sea eterna, mi amada? —Mabel quitó sus manos.

—¡No! Digo, sí... Digo, siempre me alegra estar con un amigo, compa, colega, camarada... ¿Otra palabra para *amigo*?

—¿*Colega*? —intervino el Viejo McGucket.

—Ya dije *Colega*. ¿*Gemelo*? —respondió Mabel.

—Tal vez... «alma gemela». —Gideon se acercó a ella. En ese momento, explotaron fuegos artificiales sobre sus cabezas. Formaron la palabra *MABEL* dentro de un corazón rosa.

—¡No puedes decirle que no! —exclamó el Viejo McGucket.

Y, en efecto, Mabel no podía decir que no. Gideon la convenció de tener otra cita antes de dejarla en la cabaña.

Una vez dentro, Mabel comenzó a caminar de un lado a otro, nerviosa.

—Es muy tierno, pero no puedo seguir con esto... pero no puedo lastimarlo. ¡Ay, no tengo salida!

Dipper se asomó a la sala y escuchó a su hermana.

—¿Qué rayos pasó en la cita? —preguntó.

—¡No lo sé! —se quejó Mabel—. Hablamos como amigos, y luego, sin darme cuenta, se puso romántico otra vez. ¡Es como un pantano! —Mabel tomó a Dipper de los hombros—. Te traga en segundos.

Dipper odiaba ver a su hermana tan estresada.

—Mabel, vamos, ni que fueras a ser la esposa de Gideon.

Justo en ese instante, Stan entró a la sala y dijo:

—Buenas noticias, Mabel. ¡Serás la esposa de Gideon!

CAPÍTULO 5

—**¡¿QUÉ?!** —gritó Mabel.

—Es parte de mi trato a largo plazo con Buddy Alegría —explicó Stan—. Hay mucho dinero en juego en esta cosa. Y me dieron esta camiseta.

El tío volteó a ver su camiseta. Decía «EQUIPO GIDEON». Le quedaba particularmente apretada en el área del estómago.

—Ugh, debo adelgazar —dijo.

Mabel salió corriendo y gritando de la sala.

—El cuerpo cambia, cariño —la alentó su tío—. El cuerpo cambia.

Dipper siguió a Mabel hasta su habitación en el ático. Al principio, no la encontró. Pero después la vio escondida en una esquina, balanceándose de atrás para adelante, con el suéter tapándole los ojos.

—Oh, no. ¿Mabel?

—Mabel no está aquí. Está en Sueterlandia —contestó ella, con una voz llena de tristeza.

—Y dime, ¿no vas a salir de Sueterlandia? —preguntó Dipper.

Mabel sólo gimió y negó con la cabeza.

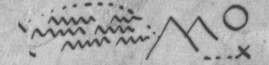

—De acuerdo, ya fue suficiente. Si no puedes romper con Gideon, yo puedo hacerlo por ti —dijo Dipper con determinación.

Mabel asomó su cabeza por fuera del suéter.

—¿Lo harías? —preguntó.

Dipper asintió.

Ella abrazó a su hermano y le dio unos golpecitos jugando.

—¡Ay, gracias! ¡Gracias! ¡Gracias! ¡Gracias!

Mabel sabía que podían encontrar a Gideon en El Club, el lugar al que iban los ricos en Gravity Falls. Ella se quedó afuera, mientras Dipper entró a hablar con Gideon. Este estaba sentado solo ante una mesa.

—¡Oh! Dipper Pines, ¿cómo estás? —preguntó Gideon—. Te ves bien, te ves bien.

—Gracias, tú... —Pero no se le ocurrió nada bueno qué decir. Dipper sólo se rascó la cabeza—. Oye, Gideon. Debemos hablar. Mabel no te verá hoy. Ella... ella ya no quiere verte más. —Soltó una risa nerviosa—. Ella se siente incómoda contigo. ¡No te ofendas!

Gideon entrecerró los ojos.

—Entonces, lo que dices es que tú te opones a lo nuestro —dijo, con la mandíbula apretada. Uno de sus ojos comenzó a temblar.

—No vas a volverte loco ni nada de eso, ¿no? —Dipper no podía mirarlo a la cara.

—¡Claro que no! —Gideon cambió su tono de voz a uno más amigable—. Estas cosas pasan. Ya me ha pasado.

—Entonces, ¡*cool!* Como te dije, lo siento, amigo, pero... ¡Todo bien!

Dipper forzó una sonrisa y levantó los pulgares. Retrocedió con rapidez y salió del lugar. Encontró a Mabel, nerviosa, esperándolo.

—¿Cómo lo tomó? ¿Se enojó? ¿Trató de leerte la mente con sus poderes psíquicos? —preguntó ella.

—Descuida, Mabel. Es sólo un chico —la consoló Dipper—. No tiene poderes.

Gideon estaba en su casa, muy enojado. Veía su propio reflejo en el espejo iluminado de su habitación.

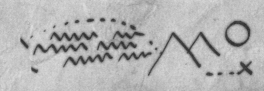

—Dipper Pines, no imaginas lo que hiciste —gruñó. Tomó con una mano la piedra verde que colgaba de su cuello, y esta emitió una luz tenebrosa.

¡Pop! ¡Pop! ¡Pop! Uno por uno, todos los focos alrededor del espejo explotaron. Su tocador, lámpara y cama levitaron sobre el piso.

—¡Cometiste el peor error de tu vida! —gritó Gideon, pensando en Dipper. Después señaló su tocador con un dedo.

¡PAM! El tocador se estrelló en el piso y se rompió en varios pedazos.

El padre de Gideon abrió la puerta y gritó:

—¡Gideon Charles Alegría! ¡Limpia tu cuarto en este instante!

Gideon volteó hacia él con los ojos llenos de rabia. Y lo señaló con un dedo regordete.

—¡Recuerda que puedo venderte al zoológico, padre!

—Como digas. —Buddy se encogió de hombros y salió del cuarto.

Dipper y Mabel no se imaginaban lo enojado que estaba Gideon... Tampoco creían que tuviera poderes mágicos. Los hermanos estaban en la Cabaña del Misterio, golpeando una almohada que Soos se había metido bajo la camiseta.

—¡Qué bueno que todo volvió a la normalidad! —dijo Mabel, aliviada.

Entonces sonó el teléfono y Dipper fue a contestar.

—Toby Decidido, de Gravity Falls Chismorreo —dijo la voz del otro lado del teléfono.

—Hola, amigo. Perdón por acusarte de homicidio y eso —dijo Dipper.

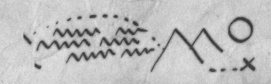

—Ya el viento se lo llevó. Me gustaría entrevistarte y saber si has visto algo inusual en el pueblo desde que llegaste —confesó el reportero.

—¡Al fin! —gritó Dipper—. Creí que nadie preguntaría. Tengo notas y teorías.

Dipper apuntó la dirección que Toby Decidido le dio.

—¿Esta noche? Muy bien —confirmó Dipper.

Él estaba realmente emocionado. Había estado tomando muchas notas sobre los sucesos extraños que había visto en Gravity Falls desde su llegada. Y sería genial compartir todas sus historias con el resto del mundo.

Nunca se le ocurrió pensar que podría ser una trampa, que Gideon había sobornado a Toby para tener a Dipper justo como lo quería: solo y en sus manos.

Esa noche, Dipper tomó su bicicleta y se dirigió a la dirección que Toby le había dado, Calle Ardilla #412. Se trataba de una fábrica al borde de un acantilado muy alto, con vista de toda la ciudad. Dipper entró al edificio oscuro.

—¿Hola? —Su voz hizo eco en la oscuridad.

La puerta se cerró detrás de él. Intentó abrirla, pero estaba cerrada con llave. Dipper volteó a su alrededor, y de repente las luces se encendieron. Una silla giratoria reveló a Gideon a la distancia. Estaba acariciando una versión de sí mismo en muñeco.

—Hola, amigo —dijo Gideon con voz dulce.

Dipper se veía molesto.

—¿Gideon?

—Dipper Pines, ¿hace cuánto vives en este pueblo? —preguntó Gideon—. ¿Un día? ¿Dos? ¿Te gusta? ¿Disfrutas del paisaje?

—¿Qué quieres de mí? —preguntó Dipper.

—Escucha con cuidado, niño —dijo Gideon en una voz tenebrosa—. Este pueblo tiene secretos que jamás podrías comprender.

—¿Esto es por Mabel? —preguntó Dipper—. Te lo dije: ¡no le interesas!

—¡Mientes! —gritó Gideon. Bajó de su silla y comenzó a caminar hacia Dipper—. ¡La volviste en mi contra! ¡Era mi pastel de frambuesa!

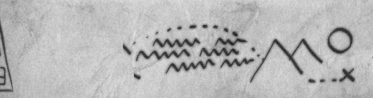

La cara de Gideon estaba roja de enojo. La piedra de su corbata empezó a brillar en cuanto la tocó.

—¿Estás bien? —preguntó Dipper.

Una luz azul verdosa proveniente de la pierda rodeó a Dipper. De pronto, la luz lo levantó del piso. Despúes lo aventó hacia atrás. Dipper cayó sobre una pila de cajas de muñecos Pequeño Gideon.

Gideon sonrió con maldad.

—Leer mentes no es lo único que hago.

—Pero, pero, ¡eres una farsa! —Dipper no podía creerlo.

—Oh, dime, Dipper. ¡¿Esto es una farsa?! —Gideon puso una mano sobre su roca. Levantó la otra mano, y las cajas de la fábrica comenzaron a abrirse. Dipper gritó cuando vio los muñecos, los relojes y las tazas de Gideon flotar en el aire, suspendidos en la luz azul.

CAPÍTULO 6

MIENTRAS DIPPER estaba atrapado en las garras de Gideon, Mabel permanecía sentada en la entrada de la Cabaña del Misterio, masticando un mechón de su pelo. Al principio le había dado gusto que Dipper se estuviera ocupando de su problema. Pero luego empezó a sentirse mal al respecto. Sabía que ella era quien debía arreglarlo.

Wendy estaba sentada a su lado.

—¿Está rico ese cabello?

—Wendy, necesito un consejo —dijo Mabel—. Tú has terminado con chicos, ¿cierto?

—Oh, sí. —Wendy comenzó a contar nombres con los dedos—. Russ Durham, Eli Hall, Stony Davidson...

—No sé qué me pasa —se quejó Mabel—. Creí que todo volvía a la normalidad, pero aún estoy molesta.

—... Mike Worley, Nate Holts. Oh, el chico de los tatuajes... —siguió contando Wendy.

Mabel suspiró.

—Tal vez dejar que Dipper lo haga por mí está mal. Gideon merece una ruptura honesta.

—... Danny Feldman, Mark Epstein. Vaya, no estoy segura de si rompí con él. Ahora entiendo por qué sigue llamándome.

—¡Voy a hacer lo correcto! —dijo Mabel—. Gracias por hablar conmigo, Wendy.

Mabel se subió a su bicicleta y pedaleó.

El teléfono de Wendy sonó. Era uno de sus exes.

—¡Ignorar!

En la fábrica, Dipper estaba esquivando la mercancía de Pequeño Gideon que el niño psíquico le arrojaba. Los productos se rompían a su alrededor. Dipper corrió hacia un librero gigante. Pero Gideon comenzó a moverlo en su dirección. Dipper se escabulló justo a tiempo, antes de ser aplastado.

—El tío Stan tenía razón sobre ti —gritó—. ¡Sí eres un monstruo!

—¡Tu hermana será mía! —contestó Gideon con una risa malvada.

El pequeño niño malévolo jaló un hilo de su muñeco, que imitó su risa.

Dipper notó a su lado una caja que decía «OBJETO CONTUNDENTE DE PEQUEÑO GIDEON». Abrió la caja y sacó un bate de beisbol. Dipper corrió hacia Gideon, pero este lo señaló con un dedo y lo hizo flotar en el aire.

—¡Ella jamás saldrá contigo, torpe! —gritó Dipper.

—¡Mentira! —gruñó Gideon—. Y voy a asegurarme de que no vuelvas a mentirme, amigo.

Gideon volteó la mirada hacia una caja de tijeras para podar. La caja se abrió sola, y un par de tijeras filosas flotaron con dirección a Dipper.

Mabel abrió la puerta de la fábrica repentinamente.

—¡Gideon! ¡Tenemos que hablar! —dijo.

Gideon estaba sorprendido.

—Ma... Mabel. ¡Mi malvavisco! ¿Qué estás haciendo aquí? —tartamudeó, y las tijeras cayeron al piso.

—Lo siento, Gideon, pero no puedo ser tu malvavisco —aclaró Mabel—. Tenía que ser honesta y decírtelo yo misma.

—Yo... no lo entiendo —contestó él, mientras tocaba nerviosamente la piedra de su corbata. La energía azul verdosa alrededor de Dipper empezó a crepitar.

—¡Mabel! Tal vez no sea el mejor momento para ser brutalmente honesta —gritó Dipper, mientras sentía que una fuerza invisible lo ahorcaba.

Mabel se acercó a Gideon y le sonrió con dulzura.

—Pero podemos ser amigos maquilladores, ¿cierto? —le preguntó—. ¿No te gustaría?

Los ojos de Gideon se abrieron llenos de asombro.

—¿En serio? —preguntó.

—¡No! ¡No es en serio! —gritó Mabel, y le arrancó la corbata a Gideon.

La luz azul verdosa desapareció, y Dipper cayó al piso.

—¡Estabas atacando a mi hermano! —reclamó Mabel—. ¡¿Qué rayos?!

—¡Mi dije! ¡Devuélvemelo! —exigió Gideon.

Quiso quitárselo a Mabel, pero ella fue más rápida y lo aventó a su hermano.

—¡Ja! No eres tan poderoso sin esto, ¿cierto? —preguntó Dipper.

Gideon se abalanzó sobre Dipper como un toro. Dipper le arrojó la piedra a Mabel justo cuando Gideon lo tumbó. Ambos rompieron la ventana de la fábrica y comenzaron a caer por el acantilado.

—¡Dipper! —gritó Mabel.

Mientras caían por el precipicio, Gideon y Dipper alcanzaron a darse bofetadas. Después notaron que se acercaban peligrosamente al suelo. ¡Estaban perdidos!

—¡Aaaaaaaaahh! —gritaron.

Una luz azul verdosa los rodeó y los suspendió en el aire. Voltearon hacia arriba y vieron a Mabel flotando sobre ellos, rodeada de luz. La piedra brillaba en su mano.

—Escucha, Gideon. Se acabó. Yo nunca, jamás saldré contigo —dijo Mabel.

—¡Sí! —gritó Dipper, y él y Gideon cayeron al suelo.

Mabel arrojó la piedra a una roca, y esta se convirtió en polvo.

—¡Mis poderes! —lamentó Gideon. Entrecerró los ojos y comenzó a alejarse—. Esto no acaba aquí. Pronto volverán a saber del pequeño Gideon.

Gideon se fue a su casa, abrió la puerta y encontró a su padre y a Stan sentados en el sillón, bebiendo refresco y hablando de todo el dinero que ganarían.

Gideon se paró sobre la mesa de centro y señaló a Stan.

—Stanford Pines, lo aborrezco. ¡Lo aborrezco!

—¿*Aborrezco* es una palabra? —preguntó Stan.

—¡Toda la familia Pines despertó mi furia! ¡Todos van a pagar muy caro sus transgresiones! —dijo Gideon, levantando los puños sobre su cabeza.

—¿Te compraron un diccionario nuevo o algo así? —preguntó Stan.

Buddy se rio y volteó a ver a Stan.

—Pues veo que está teniendo una de sus rabietas otra vez. Lo siento, Stan. Debo ponerme del lado de Gideon —dijo Buddy, y rompió el contrato que él y Stan habían acordado.

Stan se puso de pie.

—Muy bien, muy bien. Me doy cuenta cuando no me quieren —dijo. Después tomó el cuadro del payaso triste y salió corriendo—. ¡Alcáncenme, torpes!

Stan se subió a su auto y aceleró. Llegó a la Cabaña del Misterio y encontró a Dipper y a Mabel sentados en el sillón.

—Pude tenerlo todo —se lamentó Stan con un suspiro, mientras colgaba el cuadro del payaso triste en la pared. Después notó lo tristes que se veían Dipper y Mabel.

—¿Qué rayos les pasó a ustedes?

—Gideon —dijeron los gemelos al mismo tiempo.

Stan entrecerró los ojos.

—Gideon. Sí, ese pequeño mutante juró vengarse de toda la familia. —Stan se rio de sólo pensarlo—. Creo que tratará de morderme los tobillos o algo así.

Dipper se sintió mejor. El tío Stan tenía razón. Sin su piedra mágica, Gideon sólo era un niño molesto.

—Sí... ¿Cómo va a destruirnos ahora? ¿Adivinando el número que estoy pensando? —Dipper se rio.

—¡Jamás adivinará el número que estoy pensando! —dijo Mabel—. ¡Es el menos ocho! ¡Nadie adivinaría un número negativo!

Los tres se rieron.

—¡Cuidado! Apuesto a que está planeando nuestra destrucción —agregó Stan, y todos se rieron aún más.

Pero, de hecho, Gideon sí estaba planeando su destrucción...

—*Gideon, aún te amo* —dijo Gideon en una voz aguda, sosteniendo una figurilla de madera con forma de Mabel, que había fabricado él mismo—. *Pero mi familia nos separa.*

Después tomó una figurilla que se parecía a Stan.

—*Mírenme, soy viejo y apestoso.*

Finalmente, tomó la figurilla de Dipper.

—*¿Qué vas a hacer sin tu preciado amuleto?*

Gideon sonrió.

—Ya verás, Dipper. Ya verás...